『미술관에 갑  』
바꿔 주는 쇠동 ... 다.
5세 미만용 배... 간명한 색채와 명료한
표현으로 구성된 이 책은 온 가족을 집단 무의식의
가장 어두운 구석으로 이끌며 보다 큰 틀에서의
문화적 이익을 도모합니다.

이 책을 쓰고 그린 미리엄 엘리아(Miriam Elia, MSC, RAC,
AIDS)는 가난하고 무지한 이들을 위한 런던학교 교장으로,
아동·청소년을 대상으로 한 미술과 선불교 교육을
전문으로 합니다. 공동 저자인 에즈라 엘리아(Ezra Elia)는
자기혐오와 글쓰기 전문가입니다.

이름:

새로운 낱말 익히기

쇠똥구리 배움책이 제공하는 '새로운 낱말' 코너는
여러분의 아이들이 긴 단어와 어려운 개념을
잘 익힐 수 있도록 기억력을 극대화해 줄 것입니다.
각 장 아래쪽에 예술작품에 대한 감정적 반응을
잘 요약하는 '새로운 낱말'이 세 개씩 제시되어
있습니다.

이 새로운 낱말들을 가능한 한 자주 아이에게
읽어 주세요. 아이의 독창적인 의견들이 점차
자리를 잡고, 그 토대에서 참신하면서도 무난한
비판적 사고력이 발달할 것입니다.

우리 문화 예술의 미래는 우리 아이들에게
달려 있습니다. 현대미술의 완전한 의미를 파악한
아이들이 더 온전하고 행복하고 모순된 삶으로
미래 세대들을 이끌 것입니다.

배움책 1α

쇠똥구리 새로운 배움책

미술관에 갑니다

글
미리엄 엘리아, 에즈라 엘리아

그림
미리엄 엘리아

신해경 옮김

열화당

우리는 미술관에 갑니다.

엄마가 예술을 보여주고
싶으시대요.

새로운 낱말   미술관   엄마   예술

수전이 물어요.
"예술은 예뻐요?"

"아니." 엄마가 대답해요.
"예쁜 건 중요하지 않아."

THE DEATH OF MEANING

BRITISH CONTEMPORARY ART

존은 이해가 되지 않아요.

엄마가 얘기해요.
"이해 안 되는 게 좋아."

존은 이해가 안 돼요.

새로운 낱말 좋다 않다 이해하다

전시실에 아무것도 없어요.
존이 어리둥절해요.
수전이 어리둥절해요.
엄마는 기분이 좋아요.

"신이 죽었기 때문에
아무것도 없는 거란다."

존이 말해요.
"아, 이런."

새로운 낱말   신   죽다   어리둥절

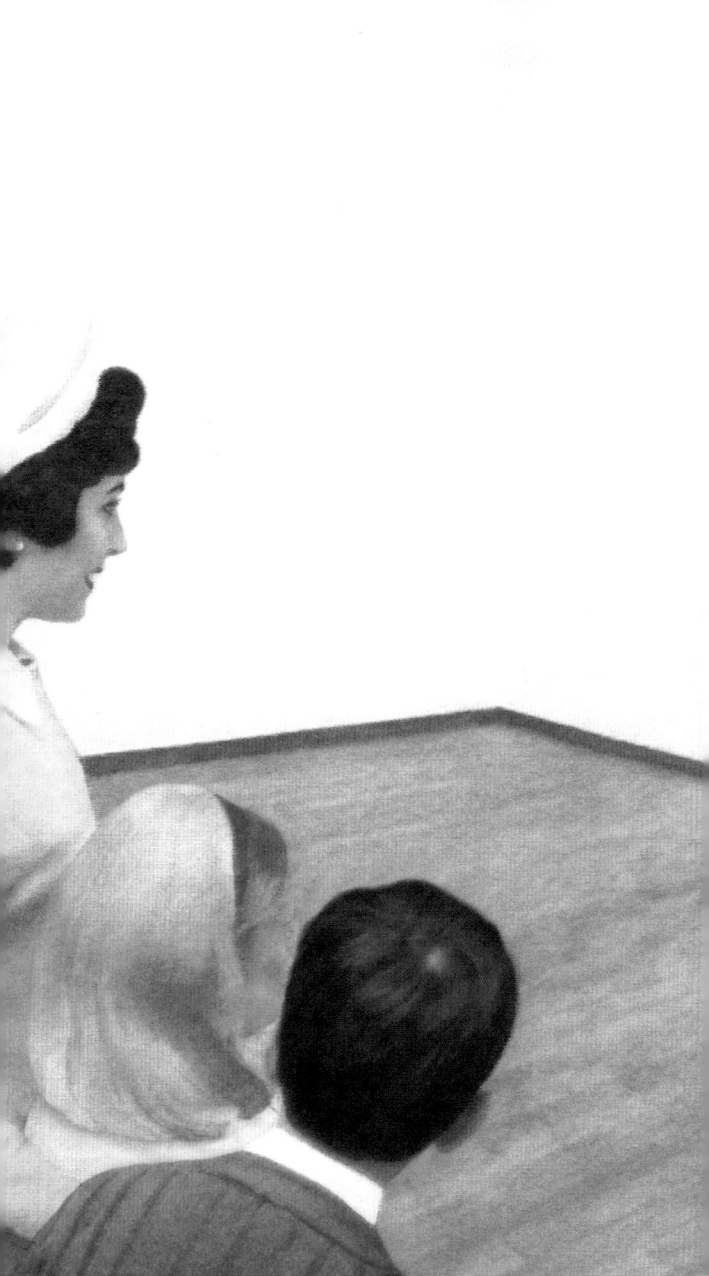

존이 그림을 보고 말해요.

"저건 저도 그릴 수
있겠어요."

"하지만 안 그렸잖니."

새로운 낱말   그리다   하다   하지 않다

화폭이 비었어요.

수전의 머릿속도 비었어요.

비다   화폭   비다

존이 소리쳐요.
"세상에! 저 사람들,
홀랑 벗었어요!"
수전이 물어요.
"목욕 시간이에요?"
"아니." 엄마가 대답해요.
"신체 대상화 시간이야."

새로운 낱말   벗다   신체   대상

수전이 말해요.
"저 글 참 슬퍼."

존이 말해요.
"저거 진짜 우습다!"

수전은 우습다고
생각하지 않아요.

새로운 낱말   글   우습다   슬프다

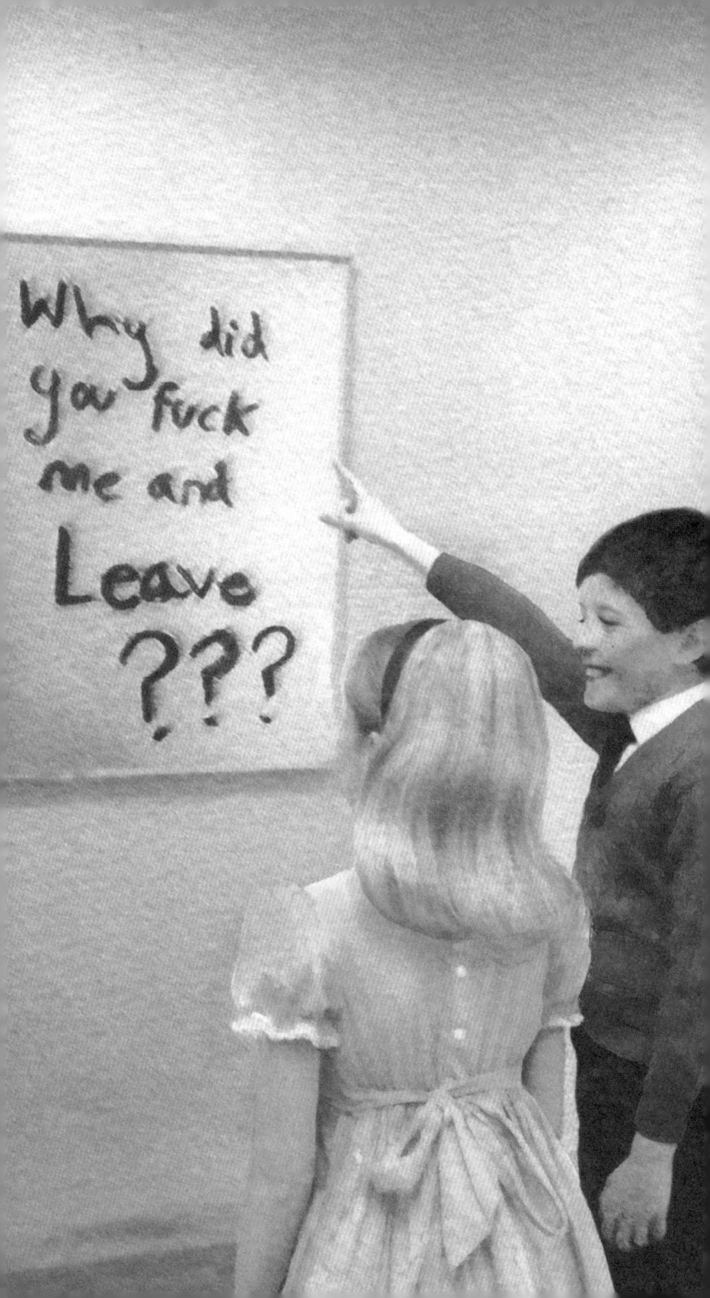
Why did you fuck me and Leave ???

"왜 그림에 남자 성기가 있어요?"

"신은 죽었고 모든 건 섹스이기 때문이란다."

새로운 낱말　　남자 성기　　섹스　　그림

커다란 여자 성기가
보여요.

"저건 큰 여자 성기예요."

"커다란 여성기들은
페미니즘적이야."

존은 겁이 나요.

새로운 낱말   여자 성기   크다   페미니즘

남자는 여자입니다.
여자는 남자입니다.

존은 신나요.
존은 혼란스러워요.

존은 자신이 원하는 게
뭔지 모르겠어요.

새로운 낱말   남자   여자   혼란

"이거 봐!" 존이 가리켜요.
"토끼가 반으로 잘렸어."

"기분이 좋은 것 같아."

"양쪽 다?"

"바닥에 기름이 있어요."
존이 말해요.

"이 기름은 미국 정부가
벌인 부당한 전쟁에서
흐른 피란다."

"저런!"

새로운 낱말   기름   정부   피

"쓰레기에서 냄새가 나요."

"부패하고 있는 우리 서구
문명의 악취야."

"저 풍선 가지고 놀고
싶어요."

"저걸 가지고 놀 수 있는
사람은 벤처 자본가들밖에
없지."

새로운 낱말   자본가   놀다   풍선

남자가 비명을 질러요.

엄마가 울어요.

수전은 침묵해요.

침묵   비명   남자

폭포 영상이 끝나지 않아요.

존이 물어요.
"저 폭포, 끝나요?"

"아니!" 엄마가 대답해요.
"죽음은 환상이니까."

수전은 화장실에 가고
싶어요.

새로운 낱말   폭포   죽음   화장실

존이 감탄해요.
"우와! 미술관에 거실이
있어요!"

엄마가 말해요.
"그리고 우리 거실에는
아이러니가 있지."

존은 왠지
속은 기분이에요.

새로운 낱말   속다   거실   아이러니

우리는 이제 미술관을
나섭니다.
엄마가 물어요.
"미술관 재미있었니?"
수전이 대답해요.
"기분이 이상해요."
존이 대답해요.
"저도요."
엄마가 말해요.
"그게 현대의 상태란다."

새로운 낱말   이상하다   현대   상태

수전이 물어요.
"엄마는 예술가예요?"

"엄마는 너희들을
갖는 바람에 예술가가
되지 못했어."

존과 수전은 죄지은
기분이에요.

새로운 낱말   죄짓다   못하다   예술가

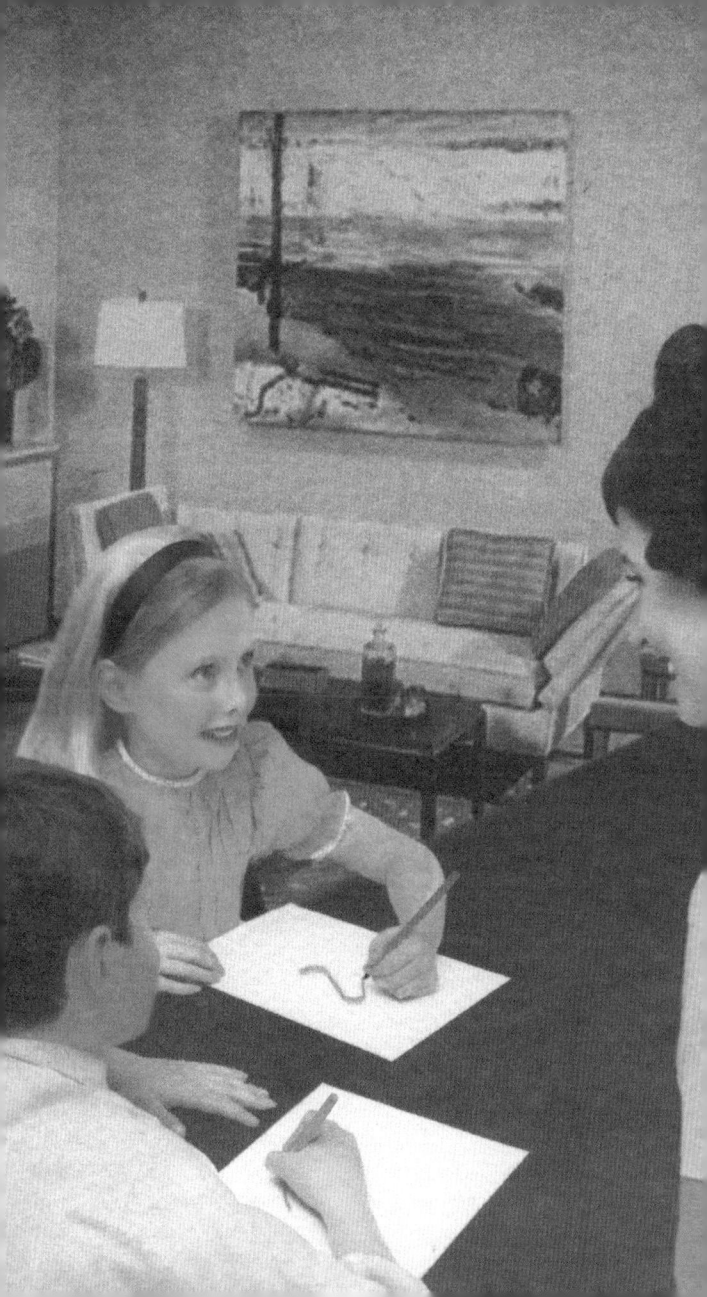

이 책에 쓰인 새로운 낱말들

새로운 낱말 개수는 총 60개입니다.

하늘에 계신 품 넓은 엄마에게 바칩니다.

쇠똥구리 책 이야기

쇠똥구리 출판사는 1936년에 배설물 품질이 좋기로 유명한
영국의 조그만 마을 똥골(Dunging)에 설립된 교육 전문
출판사입니다. 은퇴한 장로교 분뇨 처리 노동자의 가족인 최초
설립자들은 똥에 쏟았던 세심한 주의와 높은 수준의 기술을
온전히 어린이 출판물에 담기 시작했습니다.

쇠똥구리 출판사는 1938년에 내놓은 파시즘에 관한 조기 교육용
안내서인 『왜 우리는 책에 불을 지르나』가 특히 유럽 중부와
동부에서 잘 팔리면서 처음으로 성공을 거뒀습니다.
그리고 이어 『5세 미만을 위한 대공습 안내서』 『방사능증을 배워
봅시다』 『우리 식당에 이민자가 있어요』 『낯선 남자의 차에 타
봅시다』 등을 포함한 이름난 출판물들을 출간했습니다.
쇠똥구리 출판사는 계속해서 민감하거나 어려운 주제들을 다루는
고품격 책들과 조기 교육 교재들을 펴내고 있습니다. 쇠똥구리
출판사의 핵심 목표는 단순합니다. '악과 죽음에 관한 아동들의
첫 지식에 중점적인 교양과 산술 능력의 토대를 놓자.'

Est doctrina de stercore*

* 배움은 똥에서 온다.

보잘것없는 쇠똥구리가 숲에서 모은 똥 속에 알을 낳듯이.
아이들은 저마다 마음의 똥 속에 '지식의 알'을 낳습니다.

옮긴이 주